김규래 시집

그렇게 오롯이

김규래 시집

그렇게 오롯이

| 시인의 말 |

삶의 나이는
갑자를 돌았건만
詩는 아직 어리다
익지 않은
떫은 감을 내놓고
베어 물게 한 것 같아 부끄럽다
혼자 남은 후
고독이 추워
슬픈 옷을 두껍게 껴입고
온기 없는 방바닥에
식은 눈물 덜어내며
취람색 위로를 안고
詩에게 고자질하며
심연을 건넜다
비 흩뿌린 고샅을
휘감고 도는 능소화처럼
긴 목을 빼고 오랫동안
문학의 언저리를 돌다
생의 텃밭에서
호미로 캐낸 詩가
작은 위로라도
나눌 수 있기를 소망한다

2023년 10월

김규래

| 차례 |

3부 호미로 캐는 시

4부 사과꽃 연가

5부 임자도

해설 _ 정진헌

일러두기

1. 책에 쓰인 영문의 한글 표기는 외래어표기법에 따랐으며 일부는 저자의 의도를 반영해 예외로 두었다.
2. 쉼표와 마침표, 말 줄임표, 느낌표 등의 문장부호는 시인의 의도를 반영, 최대한 시인의 원문을 그대로 살려 표기했다.

1부

이제야 오롯이

이제야 오롯이

그해 겨울
승화원 유리 벽 사이에 두고
그대는 뜨겁게 타오르고
나는 차가운 바닥에 주저앉았다
울음소리마저 얼어 붙어버린 혹한

1,200도에서 두 시간
한줌 재로 돌아가는 시간
삶, 오십칠 년, 이만 육백 삼십 일
분골되어 작은 항아리에
일생을 들여 눕는다

하얀 보자기에 고이 묶이어
마지막 따스함으로 안긴다
사람 좋은 남의 편이었던 이
이제야 오롯이 내 사람으로

빈 들판 시린 바람이 눈가에 머문다

내 편

아담은 이브 편이었나
밧세바는 다윗 편했나
호세아는 고멜 편이었을까

그대
살아 있는 동안
문서로 내 편 돼 줄 것을 약속한
서른두 해 돌아보니
무던히 애쓴 자국만 남았다

이제
누구 편도 될 수 없는
붉은 선 경계
건널 수 없는 강
처연한 눈빛으로
편 가르기 멈춘다

그렇게 오롯이

눈부셨다
우리 삶의 시작
굳이 첫사랑이라는
진부함도 좋았다
봄빛 순간에 맞닥뜨린 호흡
거친 숨을 고르게 했다
만남의 눈빛은 수줍었지만
속은 무지개를 만졌다

만나는 동안
시간의 발자국은 길게 들어왔고
심장의 고동은 한순간만 위해
널뛰기를 시작한 것이 아니다
우리 삶은 온 힘을 다해 오는 중이었다

이 삶을
멈출 이유가 없어
조건 없는 지순한 사랑을 감행했고
바라보는 쪽으로 걸을 수 있도록
지척에서 뒷그림자 안으며 겸손했다

그 길에 올곧이 사랑만 한 것은 아니다
때로 멈출 방법도 찾던 두려운 시간들
억장의 무게도 인연의 끈 줄로 엮어
함께 내딛는 길을 택한 극명한 순간들
돌아설 수 없는 길에서 알게 되는 숙명

인생의 마지막
꼭 해피엔딩은 아닐 거야
각자 바라보는 쪽으로 눈맞춤 했지만
못 본 체하기엔 눈치 없이 큰 이별에게
오롯이 사랑에 충만했다고 전하자
그렇게 사는 동안 많이 행복했다고

신작로 집

외골수 아버지는
신작로에서 함석판 두드리고
무한 사랑이 깊은 엄마는
가난한 다섯 자식
하루 벌이 학비 벌이
청춘 호떡을 구웠다
시린 겨울 포장마차
어묵 냄새 엄마 향기
안 팔린 식은 호떡
우리 형제 한 끼 간식

신작로 집 팔면
숨통이 확 트인다며
자식들 공부 뒷돈 하자던 엄마
내 눈에 흙 들어가기 전에는 싫다며
양은 냄비 솥 납땜 풀무질로
가난을 세차게 돌린 아버지

신작로길 10층 신문사 지을 때
안 팔고 버틴 1층 청운함석집*
엄마는 울화통 나서 산에 눕고

아버지 술화통 내다 흙에 누우니
그제야
10층 주차장으로 헐값에 헐린
내 가난한 풍경 속 신작로 집

* 아버지도 호가 있으셨다, 청운(青雲).

악취미

가끔
깊은 밤 깨어
홀로 시 술잔을 들인다

오래 묵은 옻 술
혈관에 열전도 솟구쳐
오래된 심장을 두드리면
긴 젊음을 숨겨버린 이
쇠심줄 타박질로 당긴다

그렇게
서둘러 갈 양이면
사랑한다고 많이 할 걸
용서와 이해로 안아줄 걸
여행도 등산도 많이 할 걸
시답잖은 걸걸병 또 도진다

그래도
조금 더 조금 더 살아주지
술은 짜고 밤은 접힌다

이제 그만 보내야지
악취미 이제 버려야지

취람색

밤늦게 먹은
국수의 부기 탓이 아니다
두 눈덩이 둔탁하도록 새벽녘 만난 슬픔
쪽빛 블루의 애잔한 아픔이 저려온다

천상병 시인의 귀천처럼
소풍 끝내고 떠난 지 몇 년인데
꿈결에서도 서성이지 않는데
어제처럼 또렷한 것은 애증이다

박꽃처럼 고운 열아홉에 만나
오십일곱에 보낸 떠나보낸 그대
늘 사람 좋다는 이야기를 듣지만
내 편이었던 적 많이 없었지

같은 해 친구 영애는 아무 준비도 없이
건강한 남편을 하루에 황망히 보낸 후
기가 막히고 미안한 눈빛 보내지 못해
납골당 문턱이 닳고 늘 둔탁한 눈두덩이
꽉 막힌 콧소리로 숨 쉬며 여위어 간다

슬픔은 무슨 색일까
사랑했다고 말 못한 그리움의 색
우리는 취람색 브루카를 꺼내 입고
산 까마귀 허공에 울부짖는
애진 맘 함께 속울음으로 덮는다

정착지

북쪽 끝자락 파주
탄현면에 사는 시인 H씨는
남도 땅끝 옆 보길도 노화리가 고향이다
그 섬 동백나무 꽃밭에 영원히 누운
형을 향한 애잔하고 서러운 기억을
시와 노래로 임진강에 띄운다

남도 끝자락 보길도
정자리에 30년째 사는
목사 사모 L씨는 인천 부평이 고향이다
섬의 고립이 먹먹하게 후벼 들면
뭍으로 내달아 부평역 지하상가 좌판을
기웃대며 한 움큼 꽃핀을 주워 담는다

전라도 만석꾼 집 딸
시인 K씨는 고향 옆 완도 명사십리에
서글픈 첫사랑의 시린 가슴 던지고
마지막 사랑과 재미지게 충청도에 산다

내 고향은 남도 광주
파주 탄현 남자 만나

초본에 등록된 거주지만 스무 곳 옮겨
자식 셋 낳고 충주에 산다
파주 남자는 지병으로
육년 전 고향 탄현면 선산에 잠들었다

우리가 어디에 정착해 살던
삶의 자국은 아프고 아련하다
손잡아 헤아려 보면 이웃이고
두 단계 짚어보면 다 아는 사이다

문살, 빛의 초대

낙선재 수강재
문살을 연다

빛과 바람의 양만큼
보이는 속살

귀갑살 아자살
왕이 사랑한 여인의 문

밖보다 안에서
여름보다 겨울에

직사광보다는
반사되는 그림자가

숨 막히게 환희로운
구중궁궐

소리의 부재로
고요에 빙의되는

오백년 양의문 속
조선의 궁궐

진달래 빛 당신

그대
몸져누워 있던
소생이 어려운 기억 속에
울음언덕이 둔덕처럼 쌓이고
괴로움은 늙어지고 피고 지고
시절 인연은 사그라듭디다

그렇다고
함께 죽을 수는 없어
하나님 구원에 의지하고
용서를 구했소
지난날의 잘못을 고해하고
나락으로 숨지 않게
봐주시기를 열망하며
가슴 시린 두려움을
벗기어 전한 꽃 이야기
거기 진달래꽃을 사랑한
당신이 있었소

겨울 연가

당신은
겨울 산에 누우려
나뭇잎 풀들 마중 앞세워
삼도천 안개 너머
흔들리는 바람 몸짓 따라 떠났다

서로 잡을 수 없기에
취람 빛 가슴에 묻고 기꺼이
보내 주는 길 한기가 애달프다

그리움 담아
살아 내는 것은
건실한 세움이 내 안에 있어
생명의 끈을 충실케 잡아주는
질긴 인연의 고리를 사랑하며
눈물겹게 환희로운 일이다

떠나간 이 고요한 침묵
남겨진 이가 애도 시로
서늘한 노을 속에 띄운다
겨울 연가를

기일

또 온다
무던히도 추웠던 그날
땅마저 바늘구멍 바람
한줄기 허용치 않고
하얗게 싸매어 버린 날

그리 먼 길을 홀로
서설 따라가려고
흰 벽 속에서
가쁜 숨 멈추고
뜨거운 불길 속
한줌 재로 안기던 날

사는 동안 속울음 덮고
풀지 못한 애환 남김없이
건넸지만 또 눈물 시리다
청춘이 어제라면 결코
다른 시편을 읽었으리라

이제 강 건너 손짓할 때
기쁜 듯 그대 만나지려나

내 눈에 이슬 보이면
자식들에게 파도 같을까
켜켜이 쌓은 이불 속에
마음 묻어 설움 덮는다

추억 사진

꽃 화관 자주 고름도
선명한 그날이 눈부시다
꿈꾸는 원색의 속눈썹
치열도 고르게 빛나던 청춘
영원한 낭만 스케치

시련의 꽃반지 건네주고
조각난 심연 헤매던 세월
하나가 둘로 둘에서 하나로
낮은 풍화 속 채워져 가는
빛바랜 언덕 저편에 앉아 있다

날숨 들숨 고르기 마친 그대
추억 사진에 머물러 있다
오롯이 그대와 닮아 있다
사진 속 그대가 보고 싶다

기댈 벽

사람을
영면 속에 두고 기억하는 것은
쓸쓸하고
애틋한 그리움과 아픔이다
바람꽃처럼
무시로 스며드는 애잔함
사는 동안
찔레꽃 안고 가는 서늘함

받을 사람 부재함에
줄 사랑 멈춰서고
남은 자는 그제야
서러운 안개 눈물 애곡
세상살이 녹녹치 않으면
생채기 곱씹으며
남은 자는
기댈 벽 찾아 거친 숨으로 산다

엄마 몫

물려줄 재산 없고
집안 인맥 길지 않고
집 사줄 대박 안 되니
너희들 앞가림 스스로 해라
밥벌이 직업은 하나씩 있어야지
외교 통상학과 말고 간호대 가라
이후 하고 싶은 취미 하고 살아

세 자식은 부모 말 거역 못해
대학교 입학식 사진마다
억지로 끌려 나온 송아지처럼
슬픈 눈으로 렌즈를 봤다
졸업 후 취업해 쳇바퀴처럼 돌았지

이제금 청년실업으로 살기가
무덤처럼 어두워지고
팬데믹 광포에 세상이 닫혀도
딸 둘 아들 하나 사위까지
협력하는 의료인으로
사회의 한 귀퉁이를 열심히 지켰다

자식들은 그때
엄마 회유에 이끌려간 입학식은
가슴 뛰지 않은 설렘을 붙들었으나
돌아보니 나쁘지 않은 선택이었고
지금은 감사하다고 입을 모은다

이제 내 몫은
나 스스로를 잘 돌보는 일이다
앞으로 100세 시대
75세 된 딸이 나를 거둘 일은 없어야 한다
엄마는 엄마 몫을 살 테니
너희들은 어울려 행복하게 잘살아

벚꽃 엔딩

꽃 피면
꽃보다 환하게 웃었다
꽃비 내리면
머리에 봄 얹어
어깨춤도 털고
오사카성 벚꽃도
윤중로길 벚꽃도
엔딩으로 치달을 때

암병동 앞
한 사람
내년에도 볼 수 있을까
벚꽃 엔딩 독백
결국
못 봤다
벚꽃이 싫다
꽃 피는 것 싫다
지는 꽃 속에
추억만 서 있다

2부
바람의 시간

바람의 시간

눈감고
손 내밀어 안아 본다
시간 따라간 바람 속 향기
여름 벗 소나기 속에 묻혀
자유분방 색칠로 도발한다

처서 바람 속에
비는 데려오지 마소
청산골 처자
대추 팔아 시집가야지

잠자리 날개 부딪는 가을
눅눅한 적삼 내거는 맘
귀뚜라미 울음 깊어가고
속절없는 바람의 시간
머리 풀고 널뛰며 안긴다

봉숭아 연정

손톱 끝에 반달 닮은 봉숭아 물
어린 날 여름 마당 평상에
분홍색, 흰색, 꽃 명반에 짓이겨
손톱 위 올려주던 어머니 청춘의 색

꿈꾸는 것조차 허락되지 않는
삶의 고단함을 등지고도
낭만의 희망 붉은 봉숭아 물
어린 자식 손톱 끝에 꿈을 얹으며
너는 마음껏 날아올라 멀리 높이
어머니 깊은 사랑 굿 한판

자신의 손톱물이 초승달로 남을 때
봉숭아꽃 따라 담장 밑에 누우셨다
애끓는 붉은 연정 가슴 시리고

여름날 봉숭아 한 움큼 짓이기면
붉은 추억이 길어 올린 그리움
정성스레 손톱 위에 싸매 덮는다

그녀는 이뻤다

가려지지 않는 세월
걸리지 않는 빛길 타고
가을 벗 찾아 들길에 선다

자연이 잠시 빌려준 운무 별채
땅속 보물 캐내 그득하게 들이고
새털구름 빗질하며 눈감고 마음 씻어
낮달을 베어 물던 친구 맨발로 반긴다

텃밭 흙 기척은 부드럽고 따숩다
그녀의 맨손에 덜미 잡힌 잡초
손톱 밑에 진한 풀물 뿌리며
헤벌적 벌레와 나뒹군다

우리 밀어는 바쁘고 사랑스럽다
타작마당 광주리 가득
가을 답례품
정情인에게 소산물 하나라도
더 챙겨 주고픈 벗의
그을린 미소
가을 하늘보다 맑고 이뻤다

동백꽃

그날 빛나던 선혈
다문다문 봉오리 속
노란 꽃술 동박새 사랑
환희로 차오르는
향기로운 춤사위
현란한 너의 향기

봉오리로 설레게 하고
만개하여 유혹하고
다하지 못한 붉은 격정
발아래 툭툭 주단 깔아
농염하게 다시 피어나

생애 세 번
뜨겁게 살다 지는
아, 동백이여!

벗에게

우리 꽃구경 가자
가보지 않은 길 끝이 보이는 나이
나이 숫자만큼 약봉지 싸 들고
조심조심 세 다리로 나서자

반지르르 열린
윗머리 덮개 눌러쓰고
검버섯 핀 얼굴 분 화장 곱게 다독이며
재채기 요실금 성능 좋은 패드에 맡기고
오늘 핑크빛 젊은 스카프를 두르자

손마디마다
뭉툭해진 삶의 고행 흔적
뒤틀리고 저리면 뼈 주사 한 대 맞자
마음이 청춘이면 조금 물색없이 살자
혀끝에 맛있는 것이 점점 없어지는 나이
평생 해주기만 했지 해 준 밥 못 먹었잖아
이제는 남이 차려주는 밥 먹으러 가자

잠시 후
잿빛 어둠 내려앉으면

흰 봉투 들고 대문 앞에 서성이는
작은 발소리 아련하게 묻어오리

나의 벗이여 꽃구경 가자
시린 하늘 손 가림 그늘 짧아지기 전
가장 젊게 행복하게 웃으며
내일 새벽길 따스한 온도 꼭 나누자
자기 전 한 움큼 약 먹는 거 잊지 말고

능소화

주황빛 입술에
얹은 그리운 연모
굵은 비 머리채 묶어
찢기어 감고
떨어져 밟히도록
기다리는 붉은 눈물

멀리서 오는
님 발자국
이제 더는
바랄 것이 없다고
담벼락 뛰어넘는
빛바랜 살갗
고샅을 휘도는
선홍빛 애간장

맷돌

마음을 얹었다

어처구니 휘돌려

고운 소제 혜안慧眼

가을바람에 실어

맷돌만큼 가볍게

구름만큼 무겁게

자연 속에 놓는다

그대와 나, 우리

상사화 같은
그대와 나
같이 있어도
나는 안보고
바다만 보는 사람
바다에 있어도
바다는 안보이고
그대만 보는 나

소박한 감정선
투박하게 잔잔하게
기대어 가는 길
회귀 연어 처음
물 냄새 잊지 않듯
떼배와 함께
몽매간 늙어가는 우리
개다리소반
꾸둘하게 마른 돌 쥐치
아궁이 잔불에 구워
노을에 앉는다

꽃 찍는 남자

땅바닥에 넙죽 엎드리더니
이내 발라당 누워 버린다
동트기 전 이슬 맺힌 꽃망울에
이미 마음을 다 주었다

아이만큼 무거운
출사 가방도 불평 없이
만물 천지를 쓸어 담아
작은 사각 프레임 속에
욱여넣으려 안간힘을 쓴다

멸종 꽃에 환희의 눈길 주고
폭포 밑 습지 이끼들 생명줄
무지개 보내 현란한 판을 짠다

나도 바람꽃 손을 잡고
가본 적 없는 오솔길 따라
너도 바람꽃 만나러 간다

지극히 짧은 수명 스치는 가냘픈 모습
금강초롱 붉은 립스틱 물매화 사랑안고
영원한 앵글 흐름 속에 홀로 머문다

그게 그렇다

늦은 밤
억수장마 데리고
삶의 군상 애증과 갈증
흐릿한 불빛 속 술잔 맞대고
벗과 민낯으로 긴 밤을 마신다

잠시 지란지교를 꿈꾸며
내 설움 네 울분 시대 걱정
세상 요지경 문학과 예술까지
한바탕 주사판 깔았다

빗소리에 묻혀
목울대는 굵어지고
탁주 품은 양은 주전자
처처히 찌그러질 때쯤
비루한 안주 탓하며
술잔 속 변변찮은 화두를
쓸어안고 비틀대며 일어선다

빗소리마저
끌어안고 눈뜬 아침

그게 참 그렇다 뭐지, 뭐였지,
화끈거리는 얼굴 몹시 붉다

경험된 위로

삶을
경험하지 않은 말은
허공의 메아리
만져지지 않고
실체가 없는 말을
사랑이라 건네니
꽹과리 소리
부대낌 속 흐느낀다

혀끝에
가식 된 말
쉽게 얹히면서
무심코 종이에 베임보다
더 쓰라린 상처를 던진다

경험한 만큼의
속살을 보여준
격려의 말
때때로 버팀목이며
끈끈하게 삶을 묶어주는
동아줄 같은 힘

공감으로 진심을 건네며
등 두드리는 가벼운 포옹
진정,
사랑이다

봄, 바람

초원잔치
꽃들 키 재기로 흔들린다
세상을 아프게 한 팬데믹 광란
사그라지는 생명
배웅도 못 해
그 아픔 숨죽여 애잔하던
하얀 병동 속 치유의 손길
내 자녀고 그들 형제다

홀로 무서워 말고 잘 가기를
마지막까지 용기와 사랑으로 돕던
숭고하고 거룩한 의료진 바람

희망을 들이쉬는
청진기 속 숨 고르기
새로운 심장의 고동침에 다시금
삶의 축제 불꽃은 타오른다

부디
이 봄 소란한 바람은
상처 내지 않고 지나가길

자작나무

삶의 연륜인가
고난의 흔적인가
훌쩍 마른 단아함
물기 없는 분화장

파리한 흰옷 벗고
검은 속살 돋아나
사그라든 지흔마다
애달픈 화피樺皮 소식

겨울 숲에 날린 씨방
봄 눈엽嫩葉 키우고
새들 자작자작 속삭임
고운 눈썹으로 반긴다

꽃, 사람

움트기 전 풀빛 씨방에서
세상 입고 나올 옷 색
고르고 물들이며 기다리다
기어이 아름다운 단장 풀고
천천히 고고하게 환하게
한 벌 선택한 빛깔 옷으로
벌 나비 모아 불꽃처럼 피어
조용히 고운 생을 살다 진다

태아는 엄마의 씨방에서
고요히 유영하며 꿈꾸다가
빛나는 민낯으로 벌거벗고
환희의 울음 가득 차오른다
그리고 사는 동안 고른
수많은 옷을 갈아입고
널뛰기 같은 마음 갈래
춤추는 세상을 헤집다 간다

꽃은 사람에게 사랑받고
사람은 꽃으로 위로를 건넨다

다시 결실

봄 꽃바람 사랑의 밀어
여름날 폭풍 열정 장대비 사연
푸른 함성 오색 깃발로 춤추면

녹음이 치받쳐 노랗게 질린 은행
제 발밑에 소산물을 다 게워내고
튼실한 가시 속에 감추었다
아람으로 둘 셋 무심한 듯
툭 내어주는 속 깊은 밤
까치의 붉은 밥 남긴 감들은
흰 분칠 곶감으로 곳간에 든다

나비와 춤추던 꽃들은 한 겹 한 겹
화려한 속눈썹 떼고 책갈피에 눕고
붉은 얼굴 씻고 잠든 바다는 다시금
은어의 꿈 안고 설렌다

엄마의 봄 풍경

한 뼘 볕에 수선화
수줍은 눈웃음 피고
햇살 좋은 창가 곁
배 깔고 엎드린 아이

두터운 겨울옷
훌쩍 벗고 싶은 아이가
대문 밖이 춥냐고
자꾸 되묻는다

엄마는 옷장을 훑으며
정말 이 봄에 입을 옷이 없네
지난봄에 뭘 입고 살았을까
이 봄에 새 옷 하나 장만할까

낮은 한숨 마주친 눈빛
엄마 봄옷 그려주는 아이
창문틀에 툭 걸친 봄
풍경 밑 물고기 비릿한 바람
진달래 봄 미소 실려 온다

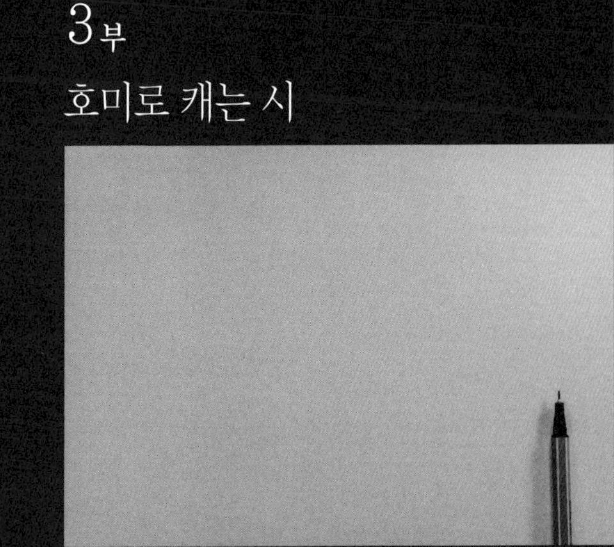
3부
호미로 캐는 시

호미로 캐는 시

세상 텃밭에
가득 찬 시를
한 삽씩 푹푹 퍼 올리겠다며
삽질해 댔다

자갈밭에서 퍼낸
시의 열매들
삽자루는 늘 쉽게 부서졌다

어느 날부터
조용히 앉아 호미질 했다
돌 거르고
고요히 거친 흙 채 치고
마음에 자란 잡초 뽑으며
애잔하게 삶을 관망했다
마음 눈물 비
같이 마시며
시의 싹을 키우고
잎을 다듬고
열매가 맺도록

나는 오늘도
시 밭에 앉아
그림 같은 글다운 시를
호미로 캐낸다

박주가리

봄날 하수오 따라
갖은 모양 뽐내며
여름을 살았다

푸르름 짙어지고
갈잎마저 녹아지면
마른 북어 같은 몸
우아한 날개 모은다

찬 서리 오기 전
처녀의 부푼 가슴 열듯
씨방 풀어 헤쳐 멀리
사방에 정定 둔다

바람 짓에 날개 비비며
새털 같은 헤아림 속
외로운 기다림 안고
겨울 품에 숨어든다

고백

시가 깊다 하심은
심연 그 깊은 곳에서 탈출구 몰라
많이 힘들었다는 말입니다

시가 넓다 하심은
좁은 곳에서 홀로 불면의 상념으로
고독했다는 말입니다

많은 날
눈물이 문장이 되어 구르고
삶의 고단함이 행간을 적셔갑니다
결코 녹녹치 않았던 인생 고백입니다

적자생존 걸자생존

두 번째 가던 길 되돌려
뭐냐, 이번엔 또 뭘 잊고
기억의 한계 숫자 세 자리
무슨 생각 했는지 모르는
중년 환장 망각의 나이테

냉장고에 전화기 넣고
손에든 열쇠 찾고
타둔 커피 또 타고
싸둔 가방 다시 풀고
어제 약속 따위는
까맣게 잊고 수다질

적자생존
적어야 살 수 있는 짧은 기억
저편 자국들 붙들어 놓은 생존 끈

걸자 생존
휴대폰 줄 안경 줄 마스크 줄
이름표 줄 번호표 줄
걸어야 나아갈 수 있고

걸어야 밥을 먹을 수 있다

길어진
삶의 그림자
쉬지 않는 배움과
적지 않고 걸지 않고는
애꿎은 몸 고생이다

버킷 리스트 구절판

버킷 리스트 실천 중
분기별 그 누군가에게
내가 만든 요리로
멋진 감동 이벤트를

재능은 깊은 관심
정성을 보쌈에 묶고
맛있는 사랑을 굽는다
행복 펼쳐 담는 구절판

여름
장마 개인 오후
내 생일 축하 손님을 위해

가을은
50대 여류시인 K씨께
낭군 된 이와 3년씩 일곱 번
21년을 살았으니
완벽한 인생 도반을 찾은
결혼기념일을 위해

겨울 구절판은
이름 없이 빛없이 봉사하는
충일교회 2부 여전도 회원들
친목 윷놀이 초대 음식으로

이제 봄 구절판 주인을 찾는다
이 시를 읽는 당신에게
내 버킷 리스트를

시詩에게 고자질

하얀 종이에
써 내려가는 가시 찔린 상처
가슴이 멍든 심장에게
피안을 건널 위로가
절실했다고 시에게 고자질한다

팔 년 암투병하던 사람
보낸 지 육 년
그림자로 남은 애잔함 깊다고
차마 못 보낸 눈빛 슬픈 조각들
산 그림자 마을에 누울 때면
사는 동안 마른 눈물 서러웠다고
손수건 쥐어짜듯 행간을 쥐어짰다

거칠게 눌러 쓴
흑연이 뚝 끊어져나간 자리
아픈 몸짓을 곧추세워 칼로 다듬고
더 뾰족한 붓끝으로 쓰는 객쩍은 한담
너무 아픈 사랑은 사랑이 아니었음을*

호수는 여울 빛 첼로 선율로 산을 품어

먹빛 사랑 짙은 위로로 취하게 하고
나는 긴 밤 시에 취한다

* 류 근 詩, 김광섭 노랫말 중

버팀목 문장

죽을 만큼 힘들고
미움과 고통이 파도처럼 엄습해도
한 가닥 실오라기 같은
인생 다림줄 버팀목 문장
나의 나 된 것 하나님 은혜라

서투른 몸짓으로 뒹굴려
의지로 어찌할 수 없을 때도
어리석음에 무너지지 않을
인생 다림줄 버팀목 문장
주님은 공평하시다

타인의 행동과 습관을 바꾸고
생각과 신념을 바꾸려는 무모함
있는 그대로 볼 긍정의 힘
인생 다림줄 버팀목 문장
믿음 소망 사랑 그 중 제일은 사랑이라

허밍

겹겹이
단단해서
풀어 헤칠 수가 없다
보듬은 응어리
하나하나
햇살에 실핏줄
드러내 보이듯
말갛게
뒤집어 보이고 싶은데
입이 안 떨어져
허밍을 구른다

탈의脫衣 시

혼자 남은 후
슬픈 추운 옷을
두껍게 껴입고
온기 없는 바닥에
식은 눈물 덜었다

한편에 촛불 하나
미세한 숨소리로
탈의 시 길 밝힌다

얇은 옷 여러 겹이
더 따뜻하다고
또 가볍게 한 겹씩
벗어 보라고

소소한 기쁨에
환하게 웃고
기대해도 좋은
봄볕에 앉아
하늘도 보라고

이제 겨우 볕 가릴
모자를 고르는데
겹겹 걸친 외투에
바람이 스며
자꾸만 남루하다

선물

가야금이 왔다
새것은 아니지만 나름
장인 불도장 찍힌 중고로
선물했다 내가 나에게
만족이다 별 다섯 개
세워 놓기만 해도 충만이다

나에게
선물을 주며 나아간다
내가 가고 싶은 속도로
아주 빠르지도 않고
늦지도 않은 시속 64키로

한 번쯤
배우고 싶었기에
도전할 수 있어 행복하다
오음계의 화려한 손사위에
오늘도 늙을 시간이 없다

잔상

치미는 속울음을
기어이 내뱉는다
꼭 그래야 했을까
참던 부아가 아프다
서러운 날들 기억 속의 잔상

물결 파문은
잠시 후 고요할 줄 알지만
심중에 찔린 가시고기
수시로 널뛰니
애초부터 서로 생채기 내는
모난 돌로 정을 치진 않았을 거야
몽글어진 곁을 서로 안 내어 준거지

작은 사랑의 관심과 위로
수면 위 햇살 두른 금빛 같았으면
더 반짝임으로 안길 수 있었으련만
뒤돌아본 삼도천 길 망연하다
이 또한 지나가리라

나잇값

환갑보다
십 년은 젊다
칭찬에 긍정으로 화답한다
요런 앙큼한 여인

신이 주신 생애
매 순간 감사하며 성실히 잘살고
환갑 증표로 받은 금덩이
그때는 육십인 척하다가

이제와 거울 앞에 앉아
오십으로 봐주길 갈망하는
서글픈 우화를 비춘다

나이를 잊지 말고
나잇값을 살아야 한다
반생을 잘 꾸려 왔잖아

십 년 뒤로
삶을 거스른다면
그때라고 달랐을까

이 순간이 최고의 날
나잇값 하며 곱게 늙어가자

드라마 대사였어

무대가 오르고 독백이 흐른다
남편은 육년 전 저세상으로 가고
아들은 해외 동포 일 년에 두 번 보고
딸 둘은 제각각 서울살이 잘하고
친인척 멀리 남도에 머물고
학연 지연 회연 인연 소소하고
한반도 중심에 오롯이 한 사람

하루 한마디도 없다
듣기만 한다 오디오북
쓰기만 한다 이야기
보기만 한다 넷플릭스

벗들은 쉬운 위로 말 던진다
서방은 같이 있어도 외롭다고
자식은 기대 안 하고 산 지 오래고
먼 친척은 가까운 이웃만 못하다고
그러니 모두 비슷한 인생이라고
무대막이 천천히 무겁게 내린다
인생 모노드라마 대사였어

주말의 시 명당

주말 TV 앞 가장 편한 나른함으로
미룬 숙제하듯 보고픈 영화 선정하고
따뜻한 차 한 잔, 명언 담을 필기구
극의 긴장도에 따라 바빠질
손목 스냅을 위한 뻥튀기 안고
주말의 명화 속으로 들어간다

세계 미술관 관람 히말라야 순례여행
품격 있는 삶속 애찬과 화려한 파티의상
쇼팽과 바흐가 흐르는 음악과 무도회

그린 북[1], 흑인 피아니스트의 인간적인 절규
남아있는 나날[2], 인생여행 끝 삶은 후회와 회안이 없기를
이보다 더 좋을 수 없다[3] 강박증을 치유하는 사랑의 시간들
"당신은 내가 더 나은 사람이 되게 만들어"
마음 따뜻이 스며드는 감성전달 명언들이 쏟아진다
주말의 명화는 시詩 줍기 좋은 명당이다

1. 돈 셸리의 실화를 바탕으로 만든 흑인사용설명서제목
2. 안소니홉킨스, 엠마톰슨주연 후회하기 늦어버린 20년
3. 강박증 주인공을 좋은 사람이 되게 만드는 사랑스러운 그녀

고향 회귀선

호수 바라기
심항산 밍계정
윤슬 눈부심
대청호 청남대
해설피 금빛 울음
정지용 향수
망향의 애향에
젖는 수몰민
연어의 차오름은
귀소본능
타향의 군불은
뜨거워도 춥다

“어이구 그랬슈?”
정겨운 동향 사투리
가슴 뜨거워지는
내 형질의 태생인 곳
반드시 밀물이 오듯
그대는 한반도 중심인
의지대로 삶의 닻을
내려도 무방한 곳

풍요로움이 뭉근한
화롯불 같은 사랑 터
노상 늦지 말고
올겨? 말겨? 딱 말햐?

23도 27분 회귀선 아래
고향은 생명 벨트

허기지다

가랑비
소슬히 내리고
끼니때를 지나쳤다
따뜻한
짬뽕이 먹고 싶다
함께할 사람이 없다

혼자
들어갈 용기가 없어
주변을 두 바퀴 기웃거리다
들어서니 브레이크타임

매운 짬뽕 맛
라면 결국 집에 데려왔다
낡은 팬이 추레하다
마음이 허기지다
뜨거운 국물 탓
눈물 나게 맵다

4부
사과꽃 연가

사과꽃 연가

사과 익어가는
눈부신 오후
초록을 가득 쥔 아이들이
해맑게 공부방에 모여든다
삐뚤빼뚤 넣은 신발 속
학교 운동장 금빛 모래
한 움큼씩 쏟아놓는다

오늘도 잘 놀았지
재잘재잘 예쁜 손 무지개
거품 내어 호 불면 나비춤 고와라
홍조 띤 두 볼 가득
싱그러운 사과 한입 물면
꽃향기 멀미나게 황홀하다

꿈을 가르치는 속삭임
사랑해 사랑해 힘내
잘했어 정말 최고야
너희는 뭐든 될 수 있어
사과꽃처럼 화사한 미소

따뜻한
눈 맞춤에 마음이 크고
토닥토닥 다독임에 키가 자라는
사과나무 같은 나의 작은 연인들
난 네가 좋아 참 좋아!
예성譽聲 가득한 사과 빛 연가

두부의 향연

연하고 순한 콩
뭉근히 삶아 갈아
이미 형체도 없이
진액만 남은 나를
간수로 지켜 세우고
각목으로 틀 잡고
맷돌 얹어 누르더라
그래야 단단해져
세상에 제 몫하며
살아 낼 수 있다고

뽀얀 분화장
살포시 김 오른 나를
접시에 올려 선보고
자르고 지져
양은 냄비에 눕혀
보골보골 즐기고
순두부로 아이
입속에서 녹아지고
마지막은 자연으로
돌아 누이더라

가을 비내섬

손 가림으로 막아도
뜨겁지 않은 눈부심
비내길 강변 하늘 열었다

억새 갈대 은빛 상생 터
한 뼘 햇살 움켜쥔 야생초
습지 마당 속 춤추는 철새들

가을 비내섬 늪은
사랑의 추억을 안고
코스모스 미소 담아
해거름 고운 빛에 스민다

조천 재 넘어 노모 무심히
가을바람 묻은 잿수건 툭 털어
비내길 싸리문에 걸어둔다

종댕이 길

심항산 충주호 명품길
보석 같은 여울 황금빛 수면
숲길의 바람은 밍계정에 서고
팔각정 쉼터 영혼의 치유를 안긴다

상종 하종 옛 이름 합친 종댕이
수몰 마을 사연 재운 윤슬 눈부심
사랑의 흙길 풀 향기 새들 웃음
산길 도토리 밤 동물들 가을 잔칫상

사람과 고향이 그리워 찾으면
충주의 비경 내주며 환대로 걷는 길
야생화 향기 손잡고 오르는 봉수대
심항산 호숫길은 사계절 축제 중

우리 종당에는 종댕이 길이다

아들의 그리움

내색 안 해
잘 견딘 줄 알았다
너의 차 안
백미러 뒤편에
감추어 두고 보는
아빠 사진
사진 속 너는
아빠 허리에 섰구나

눈에 넣어도
안 아프다던 아들
남기고 어떻게 갔을까
아빠 키보다
더 커버린 세월
가슴속 깊숙이
속울음 삼켰구나

햇살에 눈이시려
손수건으로 가린 건
그리운 마음이었구나

골동품 경매장

꿈을 잡는 만물상
늦더위 무른 자리에
감정가 만원부터 시작하는 산척 경매장
끈적이게 묵은 켜켜이 세월의 파편
어제를 사고 내일은 저당 잡고 오늘은 판다

격식 갖춘 경매사 상기된 억양
목에 굵은 핏발 나비넥타이 너울춤
파란 도금 빗나간 화살 화수분 행렬
요강부터 솥뚜껑까지 사연도 제각각
온갖 추임새를 팔아 낙찰가를 잡는다

근거를 알 수 없는 족보
무명 작가 습작품
골동 민속품 생활소품 흙 묻은 농작물
낡은 화물칸에 실려 모서리 깨진 중국 화병
유통기한 임박한 영양제 명절 지난 선물 세트

두서없이 자리 잡은 관객
가늘어진 실눈으로 보물을 찾기보다
경매사의 걸쭉한 만담을 산다

불필요해도 사 줘야 할 것 같은 추파를 안기며
오늘은 기어이 팔려 보내 새로운 방에 들이리

난장 튼 골동품 경매장은 즐거운 놀이터
오늘 내 방에 청동 나비 호롱이 들었다
단아한 정승 부인이 수줍은 불을 밝힌다
파노라마 그림판이 돌고 시간은 거꾸로 흐른다

영웅시대

영웅이었다 그녀들이
대한민국 여인들은 영웅놀이에 살맛난다
6차선 도로 공공 현수막 최적 높이 게시대
910616 / 생일 축하해 임영웅!
게시자 012-345*-78** / **누나
영웅시대에 걸맞은 사랑 고백이다

영웅이다 임영웅
모 방송 경연을 통해
100년 만에 인물이 나왔다고 입을 모은다
칭송에 맞는 언행으로 사람을 행복하게 하며
중년 여인 삶의 낙 세 개 중 첫째가 영웅이라니
둘째 푸른 하늘과 셋째 저녁노을을 이긴 승자다

칠십이 넘은 퇴직 선생님도 영웅을 만났다
이제 아이돌에 열광하는 청소년 마음 안다고
너스레를 치며 영웅의 전국콘서트를 따라
하늘색 야광봉 들고 찢어진 청바지 입고
그 또래 아줌마들에게 이미 영웅인 그녀

영웅은 어느 시대에나 있었다

지금 임영웅을 사랑하는 사람도 영웅이다
좋은 것 즐기며 하고 싶은 때는 나이가 없다
가슴이 뜨겁게 시키는 것을 즐기면 된다
지금 사람을 웃게 하고 행복하게 하는
영웅이 그렇다 당신의 영웅이!

지금은 찬란한 계절
– 코로나19를 지나며

봄 살구꽃 그림자 속
나풀대는 나비 자태가 곱다
이 눈부신 날들을 맞기까지
코로나19라는 거대 공룡과
숨 가쁘고 처절하게 맞서고 보내는
소리 없는 전쟁을 지나고 있었다

삶과 죽음
그 경계에서 인간 존엄을
가장 가까이 보며 의료에 최선을 다한
사랑하는 이들에게 찬사와 격려를 보낸다

격랑의 팬데믹 바다 한가운데
자녀 셋 사위까지 넷 자식들은
협력하는 의료인으로 하루하루 나아가고
살 얼음장 걷는 듯 어미는 애달았다

뿌연 황색
흙바람 끼고 도는 거리에 서서
고랑 깊은 낯빛으로 안부를 묻는 것이 고작
애지고 막막하여 몇 번이고 밤 별을 헤아렸다

대지는 다시금 연초록 세상
느리게 깨어나는 산기슭 안개 걸음
치열하게 호흡하는 머루 잎 이슬 털며
빛나는 사랑 넘치는 지금은 찬란한 계절!

치유하는 숲

위로와 치유로
말을 건네는 숲
소풍 온 장애인들이
조용한 몸짓으로
조금 다름을 말하고 있다
앞이 안 보여도
비틀린 몸 어눌한 말도
숲은 차별 없이 반긴다
눈감고 바람의 소리 들어
숲을 만지는 세밀한 촉감
너희가 더 뛰어나다

클라이밍
나무 오르기 정글짐 통과
정작 못할 것은 없다
다만 좀 기다려주고
천천히 바라봐 주면 된다
저들의 몸짓이
안쓰럽고 힘들까 염려로
행간을 못 견뎌 돕겠다 말고
격려해주자

솔바람 향기에 흐느적거리는
몸을 곧추세우고
희망과 사랑을 안는다
따스한 온기에 숲이 춤춘다

새집

초겨울 눈 온 뒤
쨍하고 맑은 날
투명해진 비췻빛
청량한 향기 따라
하늘 끝에 매달은 문패를 본다
기차역 앞
키 큰 두 나무에 새집

여름 푸르름으로 지었던
지붕 담장 잎 털어내
갈색 골조 가지만 남기고
내부 수리 중
그들은 10척 높이 흔들리는 꼭대기
전망 좋은 곳에 각각 방을 꾸몄다

기차가 들어오고
사람이 떠날 때마다
세상 별리 어즈버 하 세월 무상타
보는 이 없어도 큰 나무 위에서
가만히 내려다보며 위로를 던졌다

분주하게
삶을 태우지 말고
가끔 여기 우리 사는 세상 하늘 위
나무 끝 새집도 올려다보고 살라고
날개 치며 속살거리는 반가운 안녕

낮 불놀이

대낮 불놀이야
바람난 깡통에 불씨 둘
펼친 들에 뜨거운 정염

천도 짚불 광란의 무호흡
환희 끝 나락의 고통
온몸 잿 구덩이 난산

당겨진 불꽃 꺼진 자리
처참히 헝클어진 머리채
씨불 마저 내동댕이친
낮 불은 현란한 미치광이

가을 탱고

무희의
현란한 춤사위
붉은 잎들 떨쳐내고

파리한 조명 아래
딸각이는 굽 들썩이며
열두 폭 스란치마 접는다

빛나던 여름 흰 달
청춘의 낮 화장인가
깊은 숨결 산기슭
가을 탱고 흐른다

그러려니

만나는 사람은 줄어들고
그리운 사람은 늘어간다

끊어진 인연에 미련은 없어도
그리움은 아련하다

잘 지내니
문득 떠오른 너에게
안부를 묻는다.

잘 지내겠지
대답을 들을 수 없으니
그러려니! 그러려니!

베트남 다랑이논

무강짜이 다랑이논 커지면
꿈도 희망도 조금 넓어지려나
굽이진 산 능선 나이테
몽족 여인의 주름 골 닮았다

젖먹이 갈 섶 위에 눕히고
시어미 앞선 길 따라
내닫는 폭폭한 곡괭이질
거친 숨소리 쌓여간다

둘 셋 고만한 어린 여식들
흙 파기 땅따먹기 놀이
손톱 밑에 눌러앉은 잿빛 꿈

저 건너 한가한 피리 소리
구부린 허리춤 몽환에 젖었고
푸꾸옥 해변의 추억은 아련하다

천사 소녀 예빈이

너처럼
예쁜 아이는 다시없지
여덟 해 너의 삶 보석처럼 빛났어
고운 눈웃음 착한 맘씨 말씨 솜씨
천국 찬송 부르며 고통을 위로받고
사랑 가득한 몸짓으로 천사 따라간
그곳은 건강하게 뛰놀고 기쁨만 있지

예빈아
이곳에 남은 아빠는
너를 가슴에 넣어 숨결 느끼고
너의 기도로 목회자 길에 섰다
할머니는 짓무른 눈물베개 품고
할아버지는 헛기침 속에 감추고
오빠는 허공 먼지에 눈만 비빈다

엄마
엄마는
밤바다 한가운데서
물 한 동이씩 퍼낸다

우리 모두 널 그리워한다

파초

새야
너를 안으려
푸른 깃발 펄럭이며
여름을 서성인다

발돋움 키로
그늘지어 쉬게 하고
가을 빗방울도 튕겨내
마른자리 펼친다

조매화鳥媒花 운명 안고
사랑으로 피는 꽃
크고 긴 목 들어
하늘길 너를 부른다

5부

임자도

임자도

남도 뱃길
달려야 열리던 섬
그새 연륙교 넉넉한 길 냈다
해는 취한 듯 붉은 대광에 눕는다

파도는
당산 굿 싣고 물속 잘 훑어
가득한 만선 오방기 포구에 닿았다
분 바른 각시 옆에 비릿한 술 내음
고래 놓친 무용담 새벽이슬 입맞춤 후

임자도 선착장
뱃머리 끌어내 곧 오리라더니
그물 싣고 닻 내리던 날
파도 따라 바람길 갔다
땅끝에서 시집온 해남 댁 임자라고 부르던 이

흠칫
바다에 한스러운 눈길 던지며
어이 거기 있소! 워메 워메 징허네.
뭣이 바뻐, 그리 빨리 가서 있당가!

짠물에 절인 세월
염전 앓는 소리 마르면
닥닥 가슴을 긁어
훑어 내린 소금 머리에 얹고
시리고 차진 잿빛 개흙 낙지 삽질 나선다
임자 키만한 널 배 미끈히 밀어
임자도 속으로

새벽 죽물에 머리를 씻고
– 담양 소쇄원

새벽 댓바람 대숲이
이슬을 털며 길을 낸다

웃자람 댓잎
하늘 끝으로 나이테 키움질
텅 빈 마디 대통 공명은
말갛게 울리는 산사의
새벽 예불과 닮았다

낮은 죽순 단물 뿌리
돌 연지 가득 청량한 득음

새벽 죽물 머리에 얹고
소쇄원 대숲에 서면
세상사 소음 고요로 낚고
번뇌의 호흡 맑고 고르다

눈 깜짝할 새

여름 초록 안부 묻기 전
가을 단풍 붓질해 오고
낙엽 연서 부치기 전
겨울 목마름 안겨든다

연말 전에는 띄워 보내야
봄 꽃비 속에 해우할 텐데
눈 깜짝하는 사이 초로初老
잰걸음 계절로 안기는 바람

봄 길 봄비

빗금 치며 부딪쳐 안겨 온다
봄비로 만나는 봄 길
몽환적인 눈으로 따라간 거기
잿빛 덤불에 초록을 퍼붓는 너
늙은 등걸 후덕한 홍매화 섰다

미리 젖어 있어야 더 잘 젖을 수 있다*
기다림에 스미는 너의 향기
상층 위 뜨거운 희망에
풀어 헤친 검은 가슴 내어주면
봉긋이 안겨 솟아날
찬란한 생명 길 낸다

* 정진규, 「봄비」, 『본색』(2004, 천년의 시작) 중에서

감자의 휴일

비 갠 햇살이 곱다
연못은 하늘 들여놓고
바람은 귓불에 부드럽다

사람은 툇마루에 눕고
자주감자 하얀 감자도
비취색 소쿠리에 느긋이
뒹굴며 만끽한 휴일 햇살

사람은 구릿빛으로
감자는 푸른빛으로
넉넉한 태양을 적신 후

사람은 푸른 감자 데려와
검은 봉지에 가둬 버렸고
감자는 마음눈에 옹이가 생겼다
햇살을 즐긴 대가 너무 크다

동죽의 노래

은빛 해거름
서쪽 수평에 서면
소금기 절은
어촌 아낙의 이마는
물 빠진 갯벌 바닥
굴곡진 세월 같다
쇠갈고랑이로
모래톱 주름치마 걷어 올리면
동죽은 해죽하게
비릿한 서해노래를 부른다

여울목 밀어
겨끔내기 세월 노랫가락
긴 갯바닥만큼
한숨이 망태기에 차오르면
고된 하루 품삯 실은
어촌계 낡은 경운기
동죽 망태기 싣고
탈탈거리며 내 달린다
대처 나간 자식들
동죽 품값으로 커가고

조금潮- 사리
조차潮差에 마음 시린 갯벌
서해를 품고 붉은 노을을 삼킨다

오후 3시 카페

2시 방향
여인의 솜사탕 같은 머리 위에
잠자리 선글라스가 웃고 있다

5시 방향
여인의 해바라기 원피스가
몽실 볼록한 중년의 인격을 커버한다

9시 방향
여인의 목덜미 팔뚝에 굵은 금사슬
옆구리에는 악어를 꿰찼다

볕 좋은 넓은 창가
솔 솔 시 고음 치받고
붉은 입술 가득 빵을 구겨 넣는다

긴 손톱 끝이 살짝 벗겨진
푸른 핏줄이 지나는 낡은 손등
가끔은 살아온 날을 보상하듯
오후 3시 카페 시계는 크게 웃는다

밥 한번 먹자

그득한 상차림 속
밥은 무지개 섞고
반찬은 날개를 달고
세상은 미슐랭에 열광

밥 한 끼 같이 먹는 것은
나눔, 위로, 평화
한 끼 밥 홀로 먹는 것은
생존, 고독, 외로움
우리 쉽게 건네는 말
"밥 한번 먹자, 그래 언제 먹자"

이제 스치는 인사 하지 말고
고슬한 고봉밥 총각무 보리굴비
누룽지 곁들여 생명 사랑 나누는
진짜 밥 한번 먹자

과식하지 않는 새처럼

날기 위해 먹는가
먹기 위해 나는가

숙명 같은 날갯짓
작은 곤충 한 마리로
영혼을 가벼이 하고
소유의 집착을 닫는다

사람의 정자에 내려앉아
그들 먹는 것을 바라보니
왜 무거운 쇳덩이 위에 타야
날 수 있는지를 알게 된다

새들은 박제가 되어가는
천재 같은 인간들을 향해
그만 그만 입안에 쓸어 넣는
토악한 것들을 이제 멈추라며
새소리로 읍소한다

과식하지 말자
과용도 과속도

과부하를 내리자
새처럼 가벼이 소유하자

명사십리 비파길

하늘빛 물빛
맞그어 십 리를 펼치고
금모래 파도 정도리 몽돌을 품는다
명사십리 울몰길
순박한 농부 이 박사
사람 살리는 자연농법 결실 비파 사랑

한겨울 꽃피워
늦은 봄 무르익는 황금빛 열매
비파 와인 명사십리 해풍 쓸어안고
길섶 멍때리는 곳 들어서면
더없이 아름다운 절경이라

바다를
놀이터 삼은 구십 살 고흥댁
무시로 건져 올린 맑은 바다 전승물
자식들 봇짐에 실려 대처로 보낸다

명사십리는 바다만 고운 게 아니다
사람냄새 진실함도 십리에 가득하다
그들도 진정 현인이요 명사다

눈이 오면

공평하다
잘남도 못남도
부유도 가난도
슬픔도 기쁨도
제각각 품새도
내리는 눈 속에 감춘다

강물에
하나둘 색이 바래고
지평을 덮어
높낮이를 고르면
비막을 펼치며
자맥질하던
조류들도 백기를 든다

지나간 것과
다가올 것 사이
빛과 어둠
삶과 죽음의 경계가
나직하게 덮여 온다

서해 노을

사리 때 빠진
갯벌이 아득하다
해루질 방수 옷 걸치며
저 넓은 개흙 밭이 육지의 문전옥답이면
좋겠다 생각했다
질척이는 개흙 밭이 아닌
풍성한 곡식이 여무는
너른 벌판이기를 수도 없이 되뇌면서
겨끔내기 순간마다 서늘함에 몸서리를 쳤다

바다는
조개들의 꿈 사랑 이별도 숨기고
소라 집 찾는 칠게 사투와 갯지렁이 뱃자국
소란하게 동죽을 쫓던 수많은 발자국
눈부시던 낮 추억들 물거품에 싸안고 돈다

해거름 바다로
화장 곱게 하고 달려드는 노을
솟구치던 뜨거운 삶 속 열정의 파편 안고
서해는 붉은 가슴 내보이며
같이 누워

저 깊은 심연에 함께 이르자고 아우른다

춤추는 바람풍선

낮에는 나자빠져 있다
밤이 되면 불끈 선다
박 사장 주막 앞에
허풍 가득 찬 바람풍선
오늘도 사지 흔들어
과객 취객을 부른다
들어와서 사장님도
부장님도 맘껏 안주 삼아
호기롭게 살풀이 뒷풀이
하자고 교태를 쳐댄다

헛바람 빵빵하게 채워
화려한 댄스복 걸치고
주인 눈치 속 흐느적대며
술도 한잔 얻어 마신다
술잔이 넘쳐 술이
술을 삼키면 병나발 불고
분노의 발길질 받으면
신나는 난장판 춤을 추다

사람 기운 술기운

헛바람 다 빠진 새벽녘
쭈글쭈글 바짓가랑이
추켜올려 비틀거리며
어둡고 좁은 골목 끝
하숙집 통 속에 눕는다

현란한 도시 불빛 환해지면
속없는 텅 빈 가슴 울렁대며
너울대는 숙명적 풍선 꿈은
멋진 춤 즐겁게 추고 싶었다
꽃바람 손잡고 밝은 대낮 초원에서

전깃줄에 걸린 음표

제주는 전봇대도 낭만을 쓴다
바다가 보이는 카페 앉아
창밖에 오선 전깃줄 당겨
창안에서 듣고 싶은 음표
유리창에 붙여 주면
파도는 연주를 시작한다

높게 낮게 느리게
빗방울 달려오고
폭풍 장대비 협연
오케스트라 연주도

에스프레소 투샷
가득 찬 커피 향은 바다로 달려가고
전깃줄은 사랑을 걸어 시를 짓는다
제주 바다 오선지는 오늘도 미완성

도화염桃花鹽

티벳 하옌징 차마고도
메리설산 건너 자다촌
스물아홉 여인 자시용종

천년염전 물 지게질
다독이는 굽은 어깨

붉은 피부 붉은 소금
쟁기 갈퀴 허연 손바닥

하늘에 그렸던 은빛 꿈들
황토 강물 흙바람에 넣고

복사꽃 도화염은 생명줄
이른 젖먹이 자식 커간다

오늘은 분명 좋아지리라
내일은 늦은 혼婚인 미소

천년을 부르는 홍 염가
자시용종 소금 더 붉다

시詩집

출간기념회
시인의 말은
내빈들 가슴에
책만 주지 않는다
그의 전 생애를
아린 날 상처를
많이 아팠다고
몹시도 외로워
응원이 필요했다고

그렇게 살아봤으니
그대 맘을 오롯이
안을 수 있다고
필자와 활자가
상처와 생존의
길목에서 악수한다
집으로 들어와
함께 쉬자고
시詩집으로

| 해설 |

상실의 텃밭에서 캐낸 치유의 언어

정진헌

건국대 교수, 시인

시 쓰기란 대상에 대한 애정과 관심을 통해 인간의 진정한 삶의 의미를 찾는 행위이다. 시인에게 있어 시작(詩作)은 결핍된 그리움을 찾는 과정이며, 이를 운명처럼 받아들여야만 스스로를 치유하고 시대를 노래할 수 있다. 김규래 시인의 첫 시집 『그렇게 오롯이』는 사별의 아픔에 베인 삶을 치유하고 극복하기 위해 그녀가 선택한 위안의 방편이자 심연을 건넌 결과물이다. 남편의 죽음은 시적 트라우마이자 시의 연료로 작동하고 있다. 그녀는 시마(詩魔)와 동숙하며 인간의 고독한 존재와 생에 대한 구경(究竟)을 찾고 있다. 시가 상처의 산물임을 다시 한번 반증하고 있다.

그해 겨울

승화원 유리 벽 사이에 두고

그대는 뜨겁게 타오르고

나는 차가운 바닥에 주저앉았다

울음소리마저 얼어 붙어버린 혹한

1,200도에서 두 시간

한줌 재로 돌아가는 시간

삶, 오십칠 년, 이만 육백 삼십 일

분골되어 작은 항아리에

일생을 들여 눕는다

하얀 보자기에 고이 묶이어

마지막 따스함으로 안긴다

사람 좋은 남의 편이었던 이

이제야 오롯이 내 사람으로

빈 들판 시린 바람이 눈가에 머문다

– 「이제야 오롯이」

김규래의 첫 시집 전편에 짙게 깔린 페이소스는 망자에 대한 그리움에서 출발이며 죽음은 그녀의 시 세계를 관류하는 라이트 모티브로 작동하고 있다.

불꽃으로 생을 마감한 남편 앞에 그녀의 울음소리는 차갑게 얼어버려 더 이상 목놓아 울지 못한다. 그녀의 가슴에 안긴 것은 "이만 육백삼십일" 동고동락했던 남편의 유골함뿐이다. 살아생전 "문서로 내 편이었던 남편"

이(「내 편」) 이제야 오롯이 내 사람이 된 것이다. "박꽃처럼 고운 열아홉에 만나 오십일곱에 그대"(「취람색」)를 보낸 시인은 다시 한번 남편에 대한 애증을 "큰 이별에게 오롯이 사랑에 충만했다고 전하자. 그렇게 사는 동안 많이 행복했다고"(「그렇게 오롯이」) 스스로를 위로한다. 또한 그녀의 상실은 임자도에서 "남편을 잃고 짠물에 세월을 절이며 시리고 차진 잿빛 개흙에 널 배를 미는"(「임자도」) 해남 댁의 삶과 병치된다.

그러나 남편의 부재는 개인뿐만 아니라 살아 있는 가족에게 직면한 현실 문제로 남아 있다. "차 안 백미러 뒤편에 아빠 사진을 감추고 그리움 깊숙이 속울음을 삼키는 아들"(「아들의 그리움」)과 "물려줄 재산 없고 집안 인맥 길지 않고 집 사줄 대박 안 되니 너희들 앞가림 스스로 해라" (「엄마 몫」)며 자식들에게 간호대를 권유하는 엄마의 책무는 너무나 현실적인 대안이었다. 시인 또한 상실의 아픔이 지속된다. 그녀는 "파주 탄현면 선산에 잠든"(「정착지」) 남편의 빈자리를 덮기 위해 "겨울 노을 속에 연가를 부른다"(「겨울 연가」). 하지만 삼도천 안개 너머 흔들리는 바람 따라 떠난 남편의 모습은 여전히 추억의 사진에 고스란히 남아 있다. 시인은 남편에 대한 그리움을 달래고자 "깊은 밤 홀로 깨어 술잔을 들기도 하며", "그렇게 서둘러 갈 양이면 사랑한다고 많이 할걸 용서와 이해로 안아줄걸 여행도 등산도 많이 할걸"(「악취미」)하며 시답잖은 걸걸병이 도지기도 한다. 또한 "취람색 브루카를 꺼내 입고 산 까마귀 허공에 울부짖는 애진 맘 함께 속울음을 덮는다"(「취람색」). 시인은 더 이상 남편의 부재에 원망만 할 수 없다. "눈에 이슬 보이면 자식들이 볼까 켜켜이 쌓은 이불 속에 서러운 맘"을 묻는다(「기일」). 그리고 세상살이 녹녹치 않은 생채기를 곱씹으며 기댈 벽을 찾아 거친 숨을 쉰다.

세상 텃밭에
가득 찬 시를
한 삽씩 푹푹 퍼 올리겠다며
삽질해 댔다

자갈밭에서 퍼낸
시의 열매들
삽자루는 늘 쉽게 부서졌다

어느 날부터
조용히 앉아 호미질 했다
돌 거르고
고요히 거친 흙 채 치고
마음에 자란 잡초 뽑으며
애잔하게 삶을 관망했다
마음 눈물 비
같이 마시며
시의 싹을 키우고
잎을 다듬고

열매가 맺도록

나는 오늘도
시 밭에 앉아
그림 같은 글다운 시를
호미로 캐낸다

– 「호미로 캐는 시」

김규래 시인은 상실의 아픔을 치유하기 위해 시라는 연장을 찾는다. 작가에게 글 쓰는 행위는 자기 구원의 방편(폴 발레리), 세계에 대한 본질 찾기(사르트르), 자기만족(로버트 프로스트), 창작의 욕구(토마스 울프), 정신적 승화(이상), 삶의 진정성 추구(황동규) 등 다양한 의미로 나타난다. 그녀에게 시 쓰기는 역설적이지만 가족사의 가난한 삶에서 잉태된다. 남편의 부재 연장선상에서 "10층 주차장으로 헐값에 헐린 한 시절 가난한 풍경 속 신작로 집"(「신작로 집」)을, 기억저편 유년 시절 봄옷이 없어 한숨 짓는 엄마에게 "봄옷을 그려주는 아이"(「엄마의 봄 풍경」)를 추억한다. 그녀에게 고통의 언어는 치유의 시학을 지향하는 원동력이 된다.

그녀는 진정한 시인으로 거듭나기 위해 "삽"이 아닌 "호미"를 택한다. 생의 거친 돌을 거르고 곱게 흙을 채로 치고 잡초를 뽑는다. 시의 싹을 키우고 한 편의 시가 열매 맺도록 그녀는 "많은 날 눈물이 문장이 되어 구르고 삶의 고단함이 행간을 적신다"(「고백」)라며 스스로 시 쓰기가 녹녹치 않음을 고백한다. 또한 그녀는 "하얀 종이에 써 내려가는 가시 찔린 상처 가슴이 멍든 심장에게 피안을 건널 위로가 절실했다"(「시(詩)에게 고자질」)라며 시 창작 동기를 밝히고 있다. 그녀가 사는 동안 마른 눈물이 서러웠다고 손수건 쥐어짜듯 짜낸 탈의 시들은 먹빛 짙은 사랑이었다.

우리 꽃구경 가자
가보지 않은 길 끝이 보이는 나이
나이 숫자만큼 약봉지 싸 들고
조심조심 세 다리로 나서자

반지르르 열린
윗머리 덮개 눌러쓰고
검버섯 핀 얼굴 분 화장 곱게 다독이며
재채기 요실금 성능 좋은 패드에 맡기고
오늘 핑크빛 젊은 스카프를 두르자

손마디마다
뭉툭해진 삶의 고행 흔적
뒤틀리고 저리면 뼈 주사 한 대 맞자
마음이 청춘이면 조금 물색없이 살자
혀끝에 맛있는 것이 점점 없어지는 나이
평생 해주기만 했지 해 준 밥 못 먹었잖아
이제는 남이 차려주는 밥 먹으러 가자

잠시 후
잿빛 어둠 내려앉으면
흰 봉투 들고 대문 앞에 서성이는
작은 발소리 아련하게 묻어오리

나의 벗이여 꽃구경 가자
시린 하늘 손 가림 그늘 짧아지기 전
가장 젊게 행복하게 웃으며
내일 새벽길 따스한 온도 꼭 나누자
자기 전 한 움큼 약 먹는 거 잊지 말고

― 「벗에게」

김규래 시인의 시안은 이제 가족사의 아픔에 머물지 않고 일상으로 펼쳐진다. 그리고 건강한 일상을 회복하기 위해 여행을 떠난다. 따뜻한 짬뽕이 먹고 싶어도 홀로 식당 주변만 맴돌던(「허기지다」) 그녀는 "검버섯 핀 얼굴 분 화장 곱게 다독이며 핑크빛 젊은 스카프"를 두르고 벗과 함께 꽃구경을 떠난다. "시린 하늘 손 가림 그늘 짧아지기 전 가장 젊게 행복하게 웃으며 벗과 함께 새벽길 따스한 온도"를 나눈다. 또한 그녀는 낮달을 베어 물던 친구를 찾아간다. 오랜만에 만난 친구와 밀어를 나누며 사랑과 삶의 의미를 되찾는다. "타작마당 광주리 가득 가을 답례품"(「그녀는 이뻤다」)을 전해 주는 친구에게 가을 하늘보다 이쁜 그을린 미소를 발견한다. 그리고 장인 불도장이 찍힌 중고 "가야금"(「선물」)을 사고, 산척 골동품 경매장에서 “청동 나비 호롱”(「산척 골동품 경매장」)을 구입해 외로운 삶에 64촉수의 등불을 밝힌다.

김규래 시인이 떠나는 여행은 반복되는 상실의 일상을 치유하고 삶의 존재 이유를 발견하는 잠언의 의미가 짙다. “생애 세 번 뜨겁게 살다 지는 동백”(「동백꽃」), “이제 더는 바랄 것이 없다고 담벼락 뛰어넘는 빛바랜 능소화”(「능소화」), “가을바람에 실어 맷돌만큼 가볍게 구름만큼 무겁게 자연 속에 놓는다”(「맷돌」), “파리한 흰옷 벗고 검은 속살 돋아나 사그라든 지흔마다 애달픈 화피(樺皮) 소식”(「자작나무」), “꽃은 사람에게 사랑받고 사람은 꽃으로 위로를 건넨다”(「꽃, 사람」), “새처럼 가벼이 소유하자”(「과식하지 않는 새처럼」) 등의 시구는 에피그람적 상상력이다. 시인은 자연물을 통해 생의 진정한 의미를 발견한다. 대상에 대한 관찰과 시인의 탁월한 언어 조탁이 빚은 경구는 또 다른 울림으로 다가온 발견의 미학이다.

사과 익어가는
눈부신 오후
초록을 가득 쥔 아이들이
해맑게 공부방에 모여든다
삐뚤빼뚤 넣은 신발 속
학교 운동장 금빛 모래
한 움큼씩 쏟아놓는다

오늘도 잘 놀았지

재잘재잘 예쁜 손 무지개
거품 내어 호 불면 나비춤 고와라
홍조 띤 두 볼 가득
싱그러운 사과 한입 물면
꽃향기 멀미나게 황홀하다

꿈을 가르치는 속삭임
사랑해 사랑해 힘내
잘했어 정말 최고야
너희는 뭐든 될 수 있어
사과꽃처럼 화사한 미소

따뜻한
눈 맞춤에 마음이 크고
토닥토닥 다독임에 키가 자라는
사과나무 같은 나의 작은 연인들
난 네가 좋아 참 좋아!
예성(譽聲) 가득한 사과 빛 연가

– 「사과꽃 연가」

한편 김규래 시인은 대상과의 따뜻한 교감을 통해 이웃에 대한 휴머니즘의 손길을 뻗고 있다. 시인은 20여년 가까이 지역아동센터장 일을 하며 아이들을 가르치고 있다. "학교 운동장 금빛 모래 한 움큼 쏟아놓는" 아이들과 함께 사과 한 입 베어 물고 사랑을 가르치는 일은 너무나 행복하다. 아이들을 사랑하는 시인의 일상은 연가가 되어 사과꽃 향기로 흐른다. 또한 그녀는 숲으로 소풍 나온 장애인의 다름을 인정하고 "나무 오르기 정글짐 통과 정작 못할 것은 없다"(「치유하는 숲」)라며 그들을 천천히 기다려 주고 바라봐 준다. 아이들은 그녀의 격려에 "솔바람 향기에 흐느적거리는 몸을 곧추세우고" 희망과 사랑을 안는다. 이에 숲은 춤을 추며 따듯한 온기를 품는다. 그리고 친구 손녀인 8살 어린 나이에 천국에 간 예빈이와 "밤바다 한가운데서 물 한 동이씩 퍼내는"(「천사 소녀 예빈이」) 그의 엄마를 위로하며 아픔을 함께 나누고 있다.

시인의 따뜻한 시안은 명사십리에서 자연농법으로 살아가는 "이 박사"와 맑은 바다 전승물을 자식들 봇짐에 실어 보내는 "고흥댁"(「명사십리 비파길」), 그리고 대처 나간 자식들을 위해 어촌계 낡은 경운기에 동죽 망태기를 싣고 내닫는 "어촌 아낙네"와 베트남 무강짜이 다랑이 논에서 손톱 밑에 눌러앉은 잿빛 꿈(「베트남 다랑이논」)을 안고 살아가는 "아이들", 티벳 하옌징 차마고도에서 도화염을 만드는 "자시용종"(「도화염」)으로 확장한다. 김규래 시인은 소외된 약자들 옆에서 함께 고통을 나누며 그들의 삶을 시어로 대변하고 있다. 충만한 현재이자 시인만이 가진 특권인 미적 체험을 경험한 것이다.

시인은 말한다. "익지 않은 떫은 감을 내놓고 베어 물게 한 것 같아 부끄럽다"라고. 그녀의 성정처럼 착하고 겸손한 말이다. 그녀는 "비 흩뿌린 고샅을 휘감고 도는 능소화"처럼 긴 목을 빼고 오랫동안 문학의 언저리를 기웃거렸다. 그녀가 상실의 텃밭에서 캐낸 80여 편의 시들은 우리들의 삶과 영혼을 치유하는 공감의 집이다. 독자들은 이제 시인의 집으로 들어가 에스프레소 투샷 가득 찬, 그녀가 내린 진한 시의 향기를 맛볼 것이다. 첫 시집에서 그녀가 보여준 남도의 맛깔스러운 어휘, 간결한 명사형, 시 구성요소의 적절한 문장배치, 감성의 창조 등의 시적 의장과 언어에 대한 자의식 및 생에 대한 발견의 미학은 독자에게 겸손한 울림이 아니 진정한 "영웅"(「영웅시대」)의 울림이다. 개인의 아픔을 너머 타인의 아픔을 연가로 노래할 수 있는 김규래 시인, "발돋음 키로 그늘지어 쉬게 하고 가을 빗방울도 튕겨내 마른 자리를 펼치는"(「파초」) 파초 같은 당신이 이 시대의 진정한 영웅임을 잊지 말자. 연이어 "상처와 생존의 길목에서 시와 악수하기"(「시(詩)집」)를 바라며 첫 시집 발간을 진심으로 축하드린다.

문학과의식 시선집 154

그렇게 오롯이

발행일 2023년 10월 13일

지은이 김규래
표지그림 박희상
펴낸이 안혜숙
디자인 임정호

펴낸곳 문학의식
등록 1992년 8월 8일
등록번호 785-03-01116
주소 우 23037 인천광역시 강화군 강화읍 남문로 11 송조회관 201호
우 04555 서울 중구 수표로6길 25 501호(서울 사무소)
전화 032.933.3696
이메일 hwaseo582@hanmail.net

값 10,000 원
ISBN 979-11-90121-52-1

*이 책은 충주시, 충주중원문화재단의 후원으로 발간되었습니다.